Michael Augustin

Das perfekte Glück

Heidelberg, 01.08.91

Ein Brevier das viel ahnen läßt –
Wir werden jede einzelne Zeile
auf ihren Wahrheitsgehalt hin
überprüfen.
Der Dir diese Zeilen schreibt, weiß,
was Glück bedeuten kann.
Ob es perfekt sein muß?
Wir werden es lesen.

Dein [redacted]

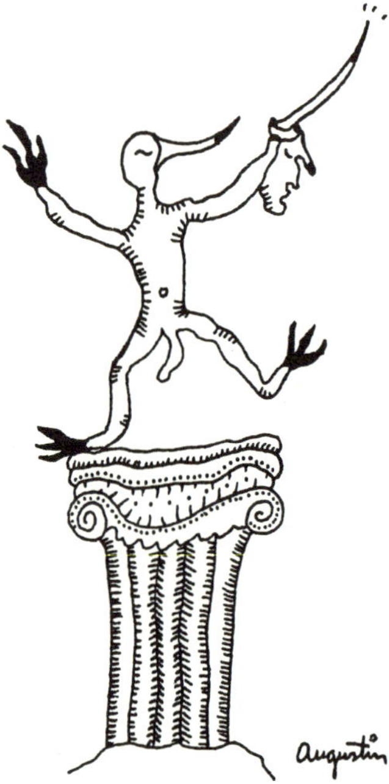
augustin

Michael Augustin

Das perfekte Glück

Gedichte

Mit Zeichnungen des Autors

Edition Temmen

Die Deutsche Bibliothek – CIP-Einheitsaufnahme
Das perfekte Glück / Michael Augustin. –
Bremen : Ed. Temmen, 2001
ISBN 3-86108-148-2

Suji & Jenny gewidmet

Mit Dank an die komplette Belegschaft im
Yale Bookstore zu New Haven, in dessen Café
ein guter Teil dieser Texte entstanden ist!

28209 Bremen – Hohenlohestr. 21
Tel. 0421-34843-0 – Fax 0421-348094
E-mail: info@edition-temmen.de

ISBN 3-86108-148-2

Inhalt

Was muss ich tun?

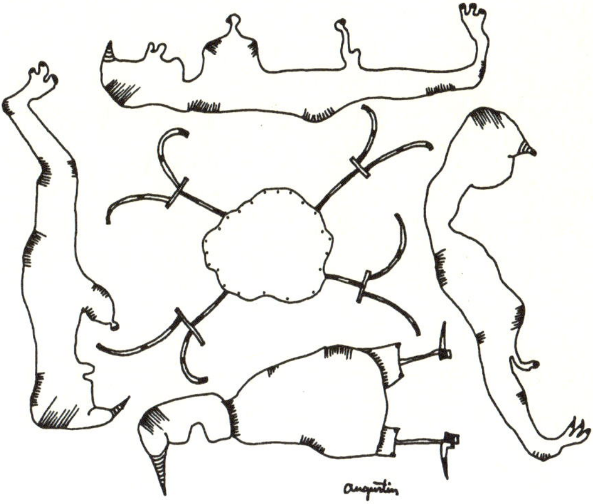

Die 21 Akte des Malers Wienbeck

Jeden Abend,
wenn die Galeristin
das Licht ausknipst,

klettern die 21 Akte
des Malers Wienbeck
aus ihren Wechselrahmen

und ziehen sich
erstmal was über.

Bei Regen

Im klaren Wasser
unter der Brücke
haben sich
die Fische versammelt,
damit sie nicht
nass werden.

Beobachtung

Mit rasender
Geschwindigkeit
wird alles älter.

Auch die Fossilien
im Regal,
denen man es freilich
am wenigsten ansieht.

Bekanntmachung

Die Frau mit nichts an,
welche vorhin einfach
ihren Hut aufbehielt,
ist hiermit
im nachinein
von vornherein

ausgeschieden.

Zwischen Brüssel und Bologna

Während des Fluges schon
steigen Passagiere aus:
Ein dicker Kurzwarenhändler
zum Beispiel,
der sich, schwer atmend,
auf einer Wolke niederlässt.

Sodann ein Herr aus Aachen,
der im freien Fall davonjauchzt,
gefolgt von seiner Frau,
die langsam, als wäre sie gefiedert,
hinterherschwebt.

Jetzt schießen
drei Soldaten
lachend in den Wind.

Zum Schluss noch
eine Dame im Pelz,
die kurz vor dem Aufschlag
in Caprino Veronese
einen Schuh verliert,
was ihr entsetzlich peinlich ist
und eigentlich alles verdirbt.

Im Land Euphorien

Im Land Euphorien
kann keiner stillsitzen.

Alle zappeln
mit den Beinen
oder geben
unnütz Geld aus.

Einer läuft immer
im Kreis
und merkt nichts.

Ein anderer
hascht mit der Zunge
nach Regentropfen
und wundert sich
über den Durst.

Den Durst,
der immer bleibt.
Auch in Euphorien,
wo alles seine Richtigkeit hat,
selbst das Falsche.

Wo der Jubel
niemals nachlässt.

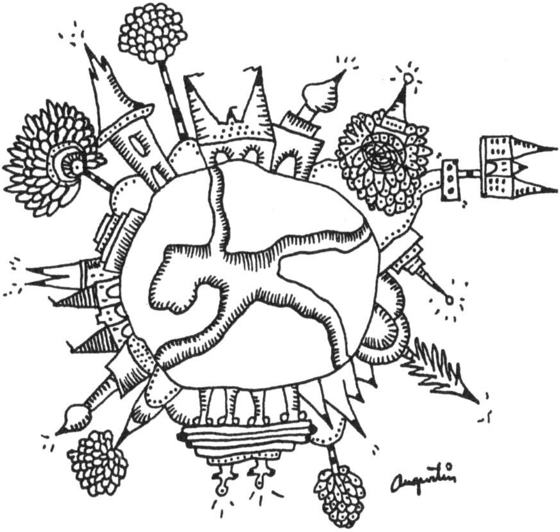

Selbstporträt mit Flasche

Das da ohne Korken,
sagt der Dichter,
das bin ich.

Schreibblockaden

Gegen Schreibblockaden,
sagt der Dichter,
helfen Spaziergänge
in freier Natur.

Nur Laubwälder
sollte man meiden.

Denn auch dort
sind alle Blätter
unbeschrieben.

Im Tintenfass

Manchmal,
sagt der Dichter,
kann ich sie geradezu
hören, die Gedichte,
wie sie brüllen,
tief unten im Tintenfass:

Hol uns hier raus!
Hol uns hier raus!

Anatomie, poetologische

An manchen Tagen,
sagt der Dichter,
bestehe er
von Kopf bis Fuß
aus einer
Achillesferse.

Blick, ängstlich

Der ängstliche Blick
des Dichters über die Schulter:

Vom Horizonte her naht
der große Radiergummi
der Vergessenheit.

Über die Liebe

Warum er denn nie
über die Liebe schreibe,
fragt einer.

Immer wenn ich's versuche,
sagt der Dichter,
verdampft mir die Tinte.

Was tun?

Was muss ich tun,
fragt jemand,
um in einem Ihrer Bücher
vorzukommen?

Schreiben Sie einfach
Ihren Namen rein,
sagt der Dichter.

Interview

Welche Frage
beschäftigt Sie
zur Zeit?
fragt einer.

Ihre,
sagt der Dichter.

Inbegriff der Poesie

Der Inbegriff
der Poesie,
sagt der Dichter,
ist für mich
das Wort Sandstrand.

Es reimt sich von selbst
und knirscht
zwischen den Zähnen.

In der Grube

Einmal,
auf dem Friedhof wandelnd,
springt der Dichter
ohne Zögern in ein Grab,
das frisch geschaufelt ist
und rettet ein Kaninchen:

Mit beiden Händen hebt er
es hinauf und ahnt,
wie es, erfüllt von Glück,
davonstürmt.

Er ahnt es nur,
denn jetzt steht er
bis über beide Ohren
in der Grube
und weiß nun selbst
nicht mehr hinaus.

So helft mir doch, ihr Leute,
ruft der Dichter,
zu Hilfe ihr Kaninchen!

Ad infinitum

Und woran
schreiben Sie jetzt gerade?
fragt einer.

Ich schreibe daran,
woran ich schon schreibe,
so lange ich schreibe,
sagt der Dichter.

Ich schreibe an meinen letzten Worten.

Aus der Urgeschichte

Bevor der Mensch
endlich den Ball
erfunden hat,
muss es in den Fußballstadien
schrecklich langweilig
gewesen sein.

Ein jedes Spiel
endete zwangsläufig
Null zu Null.

Aus der Frühzeit

Der schriftlichen
Überlieferung nach
fand das erste Fußballspiel
vor genau 3000 Jahren statt.

Über den
umstrittenen Elfmeter
nur eine Minute vor Abpfiff
haben sich die Leute
noch jahrhundertelang aufgeregt.

War aber auch
'ne echte Sauerei
vom Schiedsrichter.

Panne

Als der Schiedsrichter
das Spiel anpfeifen wollte,
intonierte er versehentlich

einen Schlusspfiff.

Schiedsrichter sein

Schiedsrichter sein:
In schwarzem Hemd
und kurzer Hose
durch die Stadt laufen.

Mit Trillerpfeife und Stoppuhr
rein ins Kaufhaus.

Verwarnungen aussprechen
gegen Klavierverkäufer, Postboten,
Apotheker und Bankangestellte.

Das Spiel unterbrechen
und allen Taxifahrern
die gelbe Karte zeigen.

Einen General
des Feldes verweisen.

Einen Elfmeter verhängen
gegen das Rathaus.

Das Spiel einfach abpfeifen
mitten im Berufsverkehr.

Oder schon vorher,
gleich am frühen Morgen:

die ganze Stadt
für unbespielbar erklären!

Fußbälle

Fußbälle
sind
runde Würfel.

Gut zu wissen

Sujata Bhatt gewidmet, die mit ihrem Gedicht
»What Is Worth Knowing« den Anstoß gab.

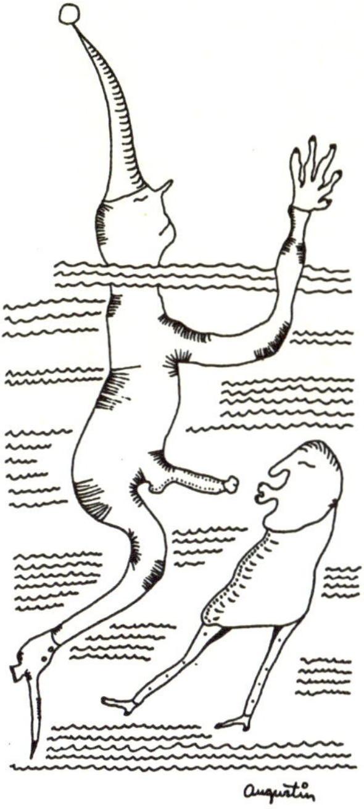

Was gut zu wissen ist

Es ist gut zu wissen,
dass alle zwölf Sekunden
irgendwo auf der Welt
ein Gedicht geschrieben
aber nur alle einhundertdreißig Minuten
eines gelesen wird.

Es ist gut zu wissen,
wo der Whiskey steht
und wo die Dose
mit dem Aspirin,

wo Bartel den Most holt
und man sich den Tod,

wo der Schalter ist für EIN
und wo der für AUS.

Es ist gut zu wissen,
dass Menschen,
denen das Wasser
bis zum Halse steht,
es sich immerhin
aussuchen dürfen,
ob sie ertrinken wollen
oder verdursten.

Es ist gut zu wissen,
dass die Liebe ein seltsames Spiel ist
und der Pokal seine eigenen Gesetze hat.

Es ist gut zu wissen,
dass die in Amerika übliche,
auf den Pappbecher gedruckte Warnung,
der darin enthaltene Kaffee
sei extrem heiß,
offenbar auch dann noch gilt,
wenn der darin enthaltene Kaffee
längst kalt geworden ist.
(Ja, so ist Literatur!)

Es ist gut zu wissen,
dass ein Wort zu viel
genau so richtig sein kann,
wie ein Wort zu wenig,
dass aber beide Wörter zusammen
richtig falsch sind.

Es ist gut zu wissen,
dass man sich immer
zweimal trifft
(falls überhaupt).

Es ist gut zu wissen,
dass Gott
alles sieht,
aber meistens schnell wegguckt,

dass ein Ei dem anderen gleicht,
der Hut drei Ecken hat

und Berlin Berlin bleibt.

Es ist gut zu wissen,
dass Frankfurt am Main
eigentlich komplett
abgerissen werden soll,
aber schon ganz von selber
derartig runtergekommen ist,
dass da nichts mehr
zu tun bleibt.

Es ist gut zu wissen,
dass stille Wasser tief sind,
dass die Kunst lang ist,
und das Leben kurz

und dass die Statistik lügt,
laut Statistik.

Es ist gut zu wissen,
dass die Kartoffeln
von unten
ganz anders aussehen
als von oben

und dass sich
über Geschmack
sehr wohl streiten lässt!

Es ist gut zu wissen,
dass Karl Marx und Friedrich Engels
bei ihren täglichen Unterredungen
in Hampstead
unablässig auf festen Routen
im Zimmer auf- und abgingen,
wodurch sich im Laufe der Zeit
durch die ständige Drehung
ihrer Stiefelhacken
an den insgesamt vier Wendepunkten
auf dem Boden kleine Kuhlen bildeten,
sehr zur Freude zahlreicher,
hier gelegentlich murmelspielender Kinder.

Es ist gut zu wissen,
dass nur wer nichts sucht
alles finden kann,

dass die Bestimmung
einer Haltestelle darin besteht,
immer auf den nächsten Bus zu warten

und dass angesichts
der ungezählten Minderheiten
die wenigen Mehrheiten
eindeutig in der Minderheit sind.

Es ist gut zu wissen,
dass das, was wir
schlechtes Wetter nennen
in Wahrheit gutes Wetter ist
(und dass, laut Vorhersage,
am Donnerstag das gute Wetter
endlich, endlich aufhört).

Es ist gut zu wissen,
dass alles, was wir sagen,
gegen uns verwendet werden kann
aber auch alles, was wir nicht sagen

und dass es kein Zuckerschlecken ist,
das Salz der Erde zu sein.

Es ist gut zu wissen,
dass der russische Dichter
Welimir Chlebnikow
sowohl vor dreibeinigen Pferden
wie auch vor dreibeinigen Menschen
gewarnt hat –

leider vergeblich.

Es ist gut zu wissen,
dass in einem einzigen Bleistift
bis zu dreißigtausend Gedichte
enthalten sind.

Es ist gut zu wissen,
dass manche Schriftsteller
sich einbilden,
selbst ein von ihnen
unbeschriebenes Blatt Papier
enthalte mehr Literatur
als die kompletten Lebenswerke
ihrer sämtlichen Zeitgenossen.

Es ist gut zu wissen,
dass ein gewisser
Philos Blake in New Haven,
nachdem er etliche Tage
in der Gesellschaft
festverschlossener Weinflaschen
hatte verbringen müssen,
aus schierer Verzweiflung
den Korkenzieher erfand.

Es ist gut zu wissen,
dass eine einzige Vergangenheit
Hunderte,
ja, Zigtausende von Zukünften
verhindern kann.

Es ist gut zu wissen,
dass ein auf Grund seiner
Erektionsstörungen
impotenter Herr,
der keinen anderen Ausweg
mehr gesehen hatte,
als splitternackt
in eine Schneewehe
hineinzuschreiten,
nach tagelanger Suche
tot aufgefunden wurde.
Mit steifgefrorenem Gliede.

Es ist gut zu wissen,
wo der Hund begraben liegt
der Hase im Pfeffer
und die Flinte im Korn,

wo der Kaiser
sein Recht verloren hat
und der Kunde König ist.

Es ist gut zu wissen,
dass in jeder Kurve
der Tod lauert
und in allen vier Ecken
die Liebe drinsteckt.

Es ist gut zu wissen,
dass die Liebe
ein vorübergehender Zustand
zwischen zwei
zu über 70 Prozent aus Wasser
bestehenden Verbindungen ist

und dass da schon mal
Tränen fließen können.

Augustin

Es ist gut zu wissen,
wieviel auf eine Kuhhaut geht,
und welcher Weg nicht nach Rom führt.

Es ist gut zu wissen,
dass der Schriftsteller Theodor Lessing
den Schriftsteller Thomas Mann
einen Zuckerkönig
der deutschen Leihbibliotheken
genannt hat

und dass ein Gespräch über Bäume
eher durch ein Nadelöhr geht,
als ein Schweigen im Walde.

Es ist gut zu wissen,
wieviel Sternlein stehen

und dass Rumpelstilzchen
Rumpelstilzchen heißt.

Es ist gut zu wissen,
was der liebe Hans
mit dem Knie
und wo der Zimmermann
das Loch.

Es ist gut zu wissen,
dass das Gegenteil
vom Gegenteil
das Gegenteil ist.

Es ist gut zu wissen,
dass böse Menschen
keine Lieder haben,

aber leider
über Unmengen
von Blaskapellen
verfügen.

Es ist gut zu wissen,
dass die Römer
einmal jährlich
am Totengedenktag
der Göttin des Schweigens
einen Fisch mit zugenähtem Maul
opferten.

Es ist gut zu wissen,
dass alle Wege
nicht nur hinführen nach Rom,
sondern auch wieder weg.

Es ist gut zu wissen,
dass sich aus einem Baum
nicht nur Krippen und Särge
herstellen lassen,
sondern auch Schaukelstühle.

Es ist gut zu wissen,
dass fast ein Drittel Deutschlands
von Wald bedeckt ist.

Es ist gut zu wissen,
dass das Glück
auf dem Rücken der Pferde,

dass die Werra und die Fulda
als Weser ins Meer,

dass fast schon alles in trockenen Tüchern
und ohne jeden Zweifel,

dass Licht ist am Ende des Tunnels
und der Ball rund.

Es ist gut zu wissen,
dass alles bleibt wie es ist.
(Änderungen vorbehalten).

Und es ist gut zu wissen,
dass Menschen, die wissen,
was sie alles nicht wissen,

alles wissen.

Da seht nur!

Ria Eïng gewidmet, in deren Ausstellungs-
katalog »*Zeitwanderer*« diese Gedichte zuerst gedruckt waren.

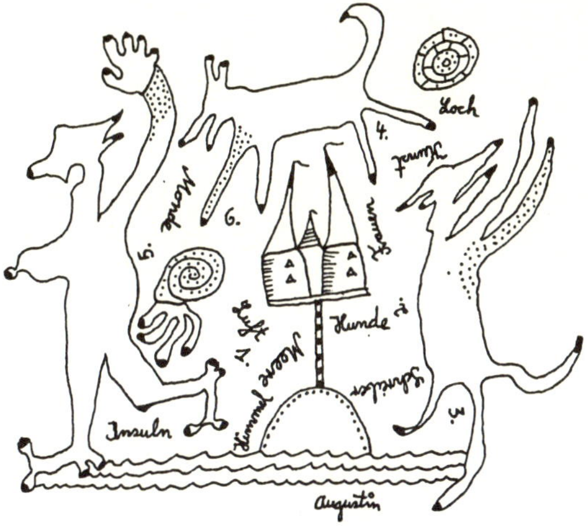

Die hölzerne Suppe

Was? Ihr kennt die Geschichte
von der hölzernen Suppe nicht?

Die kennt doch jeder!
Sogar bei uns zu Hause
kennt jeder die!

Unser Wellensittich
pfeift sie euch
auf zwei Fingern.

Der Stiefelspanner

Und der Stiefel, den der Spanner spannte?
Was wurde aus dem?
Ach, der liegt bei Auerstedt
im Felde, da liegt er,
bei Auerstedt.

Und das Bein, das in dem Stiefel steckte,
den der Spanner spannte,
wo steckt das Bein?
Im Stiefel steckt es,
der bei Auerstedt im Felde liegt,
da steckt es drin, das Bein.

Und wo steckt der Mann,
dessen Bein noch im Stiefel steckt,
den der Spanner spannte
und der jetzt im Felde liegt
bei Auerstedt?

Der steckt im Rübenacker,
gleich daneben.
Da steckt der Mann!

(Und hat nur einen Stiefel an.)

Der Trottel im Block

Da seht nur!
In den Block geraten ist er!
Herr Meister, kommt schnell!

Der Trottel ist
in den Block geraten!

Schlitzohr verdammtes!
Dieser vermaledeite Lausewenzel
mit seiner gesemmelten Mehlmütze!

Brötchen backen soll er doch!
Stuten, Kringel, Brezel.
Er soll die Plätzchen
in den Ofen schieben,
den Zuckerguss anrühren,
das Backblech fetten soll er!

Und was tut er?
In den Block gerät er.

Der Trottel ist
in den Block geraten!

(Und ich sag euch:
Das macht der mit Absicht.)

Brüllwagen 38

Achtung, Achtung!
Wir rufen Brüllwagen 38!

Brüllwagen 38,
bitte antworten Sie!

Hallo, hallo?
Wir können Sie nicht hören.
Hören Sie uns, Brüllwagen 38?

So sagen Sie doch was.

Hallo Brüllwagen,
verdammt noch mal,
sitzen Sie auf Ihren Ohren,
oder was?

(Wir bedauern,
meine Damen und Herren,
aber Brüllwagen 38
meldet sich nicht.)

Er mit Horn – Sie mit Zopf

Das schöne Paar
wird sechzehn Kinder haben!
Und ein Schnabeltier!
Und eine sehr gemütliche
Zweizimmerwohnung
mit Dusche auf dem Flur.

Das perfekte Glück,
sind wir versucht zu sagen.

Doch eines frühlingshaften Tags
im Herbste wird das schöne Paar
mit seinen sechzehn Kindern,
dem Schnabeltier
und der sehr gemütlichen
Zweizimmerwohnung
mit Dusche auf dem Flur
vollständig
in Vergessenheit geraten.

Ratzfatz wird es vergessen sein,
auf einen Schlag, mit Mann
und Maus und Schnabeltier.

(Und wer dann diesen Text liest,
wird sich verwundert fragen,
von was und wem
hier eigentlich die Rede ist.)

Der Klingelkasten

Der Knochen
und das Ei vom Rochen
sind kaum zu hören.
Doch sie klappern! Leise.
Ganz ohne jede Eile.
So geht das eine Weile.

Dann schrillt die Bimmel,
dann trompetet das Metall,
dann laufen die Leute zusammen
und schlagen sich mit
Axt und Kolben die Schädel ein,
bis nichts mehr sich rührt im Klump.
Und Stille einsetzt.

Nur ein paar kleine Kinder
überleben für gewöhnlich,
trinken schweigend ihre Milchflaschen
leer,
wachsen heran, bevölkern Büros,
Akademien und Einzelhandelsgeschäfte.
Beiläufig stellen sie neue Kinder her
und loben das wortlose Glück, die Stille.

Denn der Knochen
und das Ei vom Rochen
sind kaum zu hören.
Doch sie klappern! Leise.
Ganz ohne jede Eile.
So geht das eine Weile.

Es tut mir leid

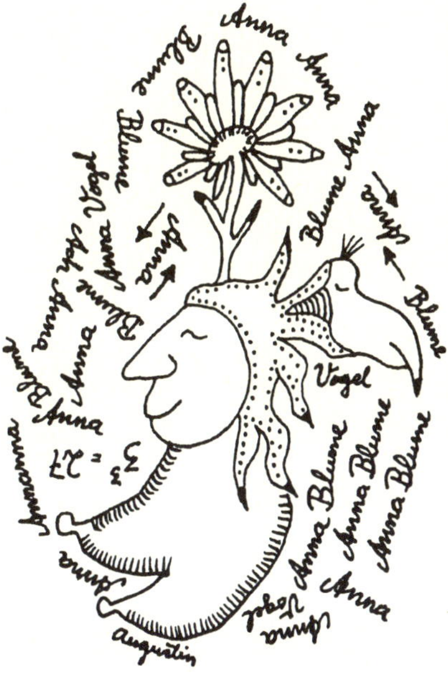

Es tut mir leid

Es tut mir leid
für den Mann in der roten Jacke,
der sich seit zwanzig Jahren
eine blaue Jacke wünscht,
aber immer wieder neue rote Jacken kauft.

Es tut mir leid
für den Winter,
der den Sommer nie erleben wird.

Es tut mir leid
für die kleinen Kinder
in denen bereits
die Erwachsenheit lauert.

Es tut mir leid
für das Wort *vergeblich*,
das auf ewig vergeblich sein muss.

Es tut mir leid
für das Pausenzeichen,
das ausschließlich deshalb erklingt,
weil alle hören sollen,
dass jetzt nichts zu hören ist.

Es tut mir leid
für die Frage,
auf die jeder, aber auch jeder,
eine Antwort zu kennen meint.

Es tut mir leid
für das Kirchenschiff,
das seit Jahrhunderten vor Anker liegt.

Es tut mir leid,
für den Friseurlehrling,
der ausgerechnet
dem besten Kunden des Hauses
versehentlich die Gurgel durchschneidet.

Es tut mir leid
für den Pfarrer,
dem das Wort AMEN
einfach nicht einfallen will
und der jetzt immer weiterreden muss
bis zum jüngsten Gericht.

Es tut mir leid
für den Glückssucher,
der, ohne es zu wissen,
sein Glück schon längst gefunden hat
und überhaupt nicht ahnt,
dass es bereits zur Neige geht.

Es tut mir leid
für das Echo,
das so gern einmal
das erste Wort hätte.

Es tut mir leid
für die Pointe,
die immer hinten dran hängt.

Es tut mir leid
für den zweiten Handschuh
des Einarmigen.

Es tut mir leid
für den Hamster
im Rad,

für den Goldfisch
im Glas

und für den Mann
in der Tonne.

Es tut mir leid
für das Schwein
in Aspik.

Es tut mir leid,
für den Ernst,
den alle nur
für ein Spiel halten.

Es tut mir leid
für die Mode,
bei der es sich
um nichts anderes handelt,
als um eine vorübergehende
Modeerscheinung.

Es tut mir leid
für die Zukunft,
die mit jeder schwindenden Sekunde
schrumpft
und die Vergangenheit
immer größer macht.

Es tut mir leid
für Berlin.

Es tut mir leid
für den Badezimmerspiegel,
dem das Entsetzen anzusehen ist,
wenn ich morgens hineinblicke.

Es tut mir leid
für die Schranken,
in die alles,
aber auch alles,
verwiesen wird.

Es tut mir leid
für die Erbse,
auf der die Prinzessin sich wälzt.

Es tut mir leid
für die Beine,
die zwar bis ganz nach oben gehen
aber dann keinen Schritt weiter kommen.

Es tut mir leid
für den ersten,
der über die Klinge springt
und für den letzten,
den die Hunde beißen.

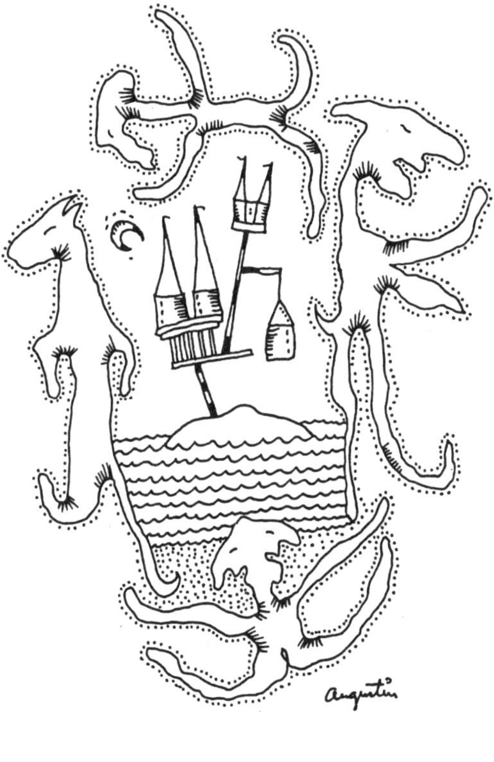
augustin

Es tut mir leid
für die Galeristin,
der jede Vernissage
zur Finissage gerät.

Es tut mir leid
für das Fenster,
durch das alle hineinsehen
und keiner hinaus.
Es tut mir leid
für die toten Schriftsteller,
weil sie immer wieder
für die lebenden
einspringen müssen.

Es tut mir leid
für den Blick,
der ins Leere

und den Freistoß,
der vorbeigeht.

Es tut mir leid
für den Asketen,
dessen Kopfkissen
gefüllt ist mit Blei.

Es tut mir leid
für die Parallelen,
deren Zusammenstoß im Unendlichen
nicht mehr zu vermeiden ist.

Es tut mir leid
für Old Shatterhand,
dem es nicht vergönnt war,
mit seinem Blutsbruder Winnetou
Kinder zu haben.

Es tut mir leid
für dieses Gedicht.

Michael Augustin

wurde 1953 in Lübeck geboren, studierte in Kiel und Dublin und lebt als Rundfunkredakteur und Schriftsteller in Bremen. Er schreibt gelegentlich für die *Neue Zürcher Zeitung* sowie die *Süddeutsche Zeitung*. Etliche seiner Bücher wurden in andere europäische Sprachen übersetzt. 1976 Friedrich-Hebbel-Preis, 1982 Kurt-Magnus-Preis der ARD, 1984 Ernennung zum »Honorary Fellow in Writing« der Universität Iowa (USA). 1986 war er Stipendiat der Stichting Culturele Uitwisseling in Amsterdam. Als Gast internationaler Literaturfestivals las er u.a. in Kuala Lumpur, Dublin, Maastricht, Faenza, Dornbirn, Groningen und Prag.

Jüngste Veröffentlichung: *Mehr nicht! Letzte Augenblicke berühmter Frauen und Männer*, München/Zürich 2000.

Alle Augustin-Bücher aus der Edition Temmen:

Mal eben Zigaretten holen
Miniaturen
64 S., 12 Ill., geb.
12.– DM
ISBN 3-926958-79-0

Der Polarstern ist durchgebrannt
Poeme
96 S., 13 Ill., geb.
13.– DM
ISBN 3-86108-105-9

Anundfürsich
Vermischte Bagatellen
80 S., 11 Ill., geb.
16.– DM
ISBN 3-86108-127-X

Koslowski
Geschichten nach dem Hörensagen
102 S., Ill. von Manfred Bofinger, geb.
16.– DM
ISBN 3-86108-135-0